LES COMPAGNONS MORTS-VIVANTS

L'ASCENSION DE LA LAPINE ZOMBIE

Pour Alice et Archie, des copains lapins — SH
Pour Freya et Rhiannon — SC

Éditions AdA Inc.
1385, boul. Lionel-Boulet
Varennes, Québec, Canada, J3X 1P7
Téléphone : 450-929-0296
Télécopieur : 450-929-0220
www.ada-inc.com
info@ada-inc.com

Éditeur : François Doucet
Traduction : Patricia Guekjian
Révision linguistique : Féminin pluriel
Correction d'épreuves : Carine Paradis, Nancy Coulombe
Montage de la couverture : Matthieu Fortin, Mathieu C. Dandurand
Illustrations de la couverture et de l'intérieur : © 2013 Simon Cooper
Mise en pages : Mathieu C. Dandurand
ISBN papier 978-2-89752-166-0
ISBN PDF numérique 978-2-89752-167-7
ISBN ePub 978-2-89752-168-4
Première impression : 2014
Dépôt légal : 2014
Bibliothèque et Archives nationales du Québec
Bibliothèque Nationale du Canada

Diffusion
Canada :   Éditions AdA Inc.
France :   D.G. Diffusion
                  Z.I. des Bogues
                  31750 Escalquens — France
                  Téléphone : 05.61.00.09.99
Suisse :   Transat — 23.42.77.40
Belgique :   D.G. Diffusion — 05.61.00.09.99

Imprimé au Canada

Participation de la SODEC. SODEC
Nous reconnaissons l'aide financière du gouvernement du Canada par l'entremise du Fonds du livre du Canada (FLC)
pour nos activités d'édition.
Gouvernement du Québec — Programme de crédit d'impôt pour l'édition de livres — Gestion SODEC.

Catalogage avant publication de Bibliothèque et Archives nationales du Québec et Bibliothèque
et Archives Canada

Hay, Sam

    [Undead pets. Français]
    Les compagnons morts-vivants
    Traduction de : Undead pets.
    Sommaire : 5. L'ascension de la lapine zombie.
    Pour enfants de 9 ans et plus.
    ISBN 978-2-89752-166-0 (vol. 5)

    I. Cooper, Simon. II. Guekjian, Patricia. III. Hay, Sam. Rise of the zombie rabbit. Français. IV. Titre. V. Titre : Undead
pets. Français. VI. Titre : L'ascension de la lapine zombie.

PZ23.H39Co 2013   j823'.92   C2013-941690-0

LES COMPAGNONS MORTS-VIVANTS

L'ASCENSION DE LA LAPINE ZOMBIE

SAM HAY

ILLUSTRATIONS DE SIMON COOPER

Traduit de l'anglais par
Patricia Guekjian

A·D·A
JEUNESSE

L'histoire jusqu'à maintenant...

Joe Edmunds, 10 ans, veut désespérément un animal de compagnie.

Mais il n'a aucune chance d'en avoir un à cause des allergies de sa maman.

Un jour, son grand-oncle Charlie lui donne une amulette égyptienne très ancienne dont il dit qu'elle lui exaucera un seul vœu...

Mais au lieu d'obtenir un animal de compagnie, Joe devient le protecteur des Compagnons morts-vivants. En tant que gardien de l'amulette, il est tenu de régler les problèmes des compagnons zombies pour qu'ils puissent passer paisiblement dans l'au-delà.

CHAPITRE UN

Derrière le rideau de scène, Joe jeta un coup d'œil à la salle et retint son souffle.

— Wow! C'est plein à craquer! Regarde, Matt!

Il donna un petit coup de coude à son meilleur ami, qui s'affairait à fouiller dans un vieux chapeau haut de forme.

— Je suis sûr que j'ai mis les fleurs là-dedans, dit Matt en retournant le chapeau à l'envers et en y donnant une bonne tape.

C'était vendredi soir et parents et amis étaient entassés dans la grande salle de l'école pour regarder le concours de talents des élèves de sixième année.

D'où il se trouvait, Joe pouvait voir sa maman, son papa et son petit frère, Toby, assis dans la première rangée. Sa sœur, Sarah, était partie passer la soirée chez une amie. Toby était penché vers l'avant, les yeux rivés sur la scène. Il avait tellement hâte de voir les tours de magie de Joe et Matt! Ils pratiquaient depuis des semaines.

— Joe, où est la corde à nœuds? demanda Matt en tapotant ses poches nerveusement.

— Elle est là, dit Joe en la levant dans les airs. Arrête de t'inquiéter, Matt!

Leur directeur d'école, monsieur Hill, passa à côté d'eux, planchette à pince dans les mains.

— Cinq minutes avant la levée du rideau! annonça-t-il. Mettez-vous en file dans l'ordre dans lequel vous entrerez en scène.

Alors qu'il parlait, les lumières de scène se mirent à vaciller de manière inquiétante au-dessus de leurs têtes.

— Oooooooooh! s'exclamèrent les enfants.

— Ah, non! gémit monsieur Hill. On n'a vraiment pas besoin d'une panne électrique!

— Ça doit être le vent, dit Nick le Pic, le garçon le plus grand de la classe de Joe. Il vente à écorner les bœufs! Une branche a failli frapper notre voiture alors qu'on venait ici.

Pendant qu'il parlait, Nick faisait tourner un ballon de soccer sur le bout d'un de ses doigts.

Joe et Matt échangèrent un regard. Nick était un as du ballon. Il était le meilleur jongleur de l'école et il pouvait aussi faire rouler un ballon le long de son dos et y donner un coup de talon pour le faire remonter dans les airs.

— On ne battra jamais le numéro de ballon de Nick, dit Matt. Et regarde là-bas, c'est le chien des jumelles. Elles l'ont entraîné à faire des tours.

Smartie le chien faisait un numéro avec ses propriétaires, Ava et Molly, deux filles de la classe de Joe. Un peu plus loin, Joe pouvait voir Spiker et Harry pratiquer leurs figures de diabolo. Dans un coin, un autre groupe de la classe de Joe pratiquait son numéro de gymnastique.

Monsieur Hill jeta un coup d'œil à la ronde.

— Où sont Léonie et Natalie?

Il regarda sa planchette à pince.

— Elles sont censées être les premières à passer.

Monsieur Hill regarda Joe et Matt.

— Si elles n'arrivent pas bientôt, vous devrez passer les premiers.

— Quoi ? couina Matt. Je ne suis pas encore prêt ! Est-ce qu'on a tous les accessoires, Joe ?

— Oui ! Regarde dans tes poches. C'est sûr qu'ils sont là. On a déjà tout vérifié, tu te souviens ?

Les deux garçons portaient de longs manteaux foncés avec des poches profondes et des manches amples, parfaites pour cacher des choses… et les perdre ! Joe avait emprunté le manteau de son grand-père. Il était un peu trop grand et sentait les oignons marinés, mais Joe pensait qu'il lui donnait un air mystérieux.

— Ta-dam ! dit soudainement Matt.

De sa manche, il fit apparaître un bouquet de fleurs en papier tout écrasé.

— Et le lapin ? demanda Joe.

C'était l'un de leurs meilleurs tours : faire sortir un mignon lapin en peluche d'un chapeau haut de forme apparemment vide.

— Tu es sûr qu'il est là-dedans ?

Matt fit signe que oui.

— Ouais, il est caché au fond.

— Une minute avant le lever du rideau ! lança monsieur Hill. Si Léonie et Natalie n'apparaissent pas dans les 10 prochaines secondes, vous passez en premier, les garçons.

— Nous sommes là! cria Léonie en montant bruyamment les marches avec ses chaussures rouge vif, suivie de près par Natalie. On faisait une pratique de dernière minute!

À ce moment, la musique d'un piano se fit entendre à l'avant-scène.

— Vite! Prenez vos places, tout le monde! siffla monsieur Hill.

Les enfants s'entassèrent dans les coulisses et monsieur Hill fit signe de lever les rideaux à Ben et à Simon, qui étaient responsables des accessoires et des décors.

— Bonsoir, mesdames et messieurs, lança d'une voix forte monsieur Hill, qui plissait les yeux sous la lumière des projecteurs. Bienvenue au concours de talents des élèves de sixième année!

Il y eut de forts applaudissements. Joe sentit une vague d'excitation monter en lui. C'était la première fois qu'il se produisait en public. Il espérait que tous les tours se dérouleraient sans anicroche.

— J'aimerais vous présenter nos deux juges, continua monsieur Hill, mademoiselle Bruce, enseignante en sixième année, et monsieur Shah, président du conseil d'établissement.

Les juges se levèrent et firent un signe de la main aux spectateurs.

— Et maintenant, veuillez accueillir notre premier numéro, Léonie et Natalie et leur duo pour flûte à bec.

— Bouchons d'oreille prêts, ricana Matt.

Léonie les fusilla du regard et s'en alla sur scène de pied ferme avec Natalie. Elles entamèrent une version grinçante de *Au clair de la lune*.

Joe leva les yeux au ciel et Matt se mit à ricaner. Monsieur Hill leur lança un regard furieux de l'autre côté de la scène. Ils essayèrent d'avoir l'air sérieux, mais ce fut tout un défi, surtout lorsque Smartie le

chien commença à hurler en accompagnement au son de *Il était un petit navire* !

Aussitôt que Léonie et Natalie eurent salué les spectateurs, Ben se précipita sur scène pour retirer le lutrin tandis que Simon apportait la table de magie de Joe et Matt, qui était en réalité un bureau d'écolier recouvert d'une nappe luisante.

Monsieur Hill s'avança.

— Veuillez applaudir chaudement la magie mystérieuse et magnétique de Joe et Matt !

Il y eut une explosion d'applaudissements, et quelques forts sifflements de la part du père de Matt, assis dans la deuxième rangée.

Joe et Matt entrèrent sur scène. La salle était remplie de visages qui les regardaient en souriant et en applaudissant.

Joe prit une grande respiration.

— Bonsoir, mesdames et messieurs…

Sa voix était faible et tendue. Il avala avec difficulté et s'éclaircit la voix.

— Ce soir, nous allons vous montrer comment faire disparaître des choses…

— … et comment les faire réapparaître ! ajouta Matt en tendant le bras pour recueillir une pièce de monnaie brillante derrière l'oreille de Joe.

— Wow ! s'écria Toby de la première rangée.

— Il peut être très utile de faire apparaître des choses, dit Joe.

— Surtout lorsqu'on a oublié le cadeau de fête de sa maman ! dit Matt en sortant les fleurs en papier de sa manche.

Il y eut une autre ronde d'applaudissements, et encore plus de sifflements de la part du papa de Matt.

Puis, Joe sortit la corde de sa poche et la leva dans les airs.

— Comme vous pouvez le voir, il y a un nœud au bout de cette corde, mais il est facile de le faire disparaître. Ça ne prend que le mot magique… Alakazam !

Joe tira sur la corde et le nœud disparut.

Il y eut quelques applaudissements, et des sourires de la part des adultes qui connaissaient le secret de ce tour.

— Et maintenant, je vais faire réapparaître le nœud !

Joe remit la corde dans son poing et dit le mot magique à nouveau. Cette fois, il tira sur le bout opposé de la corde et le nœud réapparut mystérieusement !

Les yeux de Toby s'écarquillèrent.

— Comment ont-ils fait ça ? s'exclama-t-il en regardant son grand frère avec admiration.

— Nous avons besoin d'un volontaire pour notre prochain tour, lança Joe.

Il commençait à se sentir confiant.

Toby leva la main en flèche.

— Moi !

Matt sourit et lui fit signe de monter sur la scène.

— Regarde dans ce chapeau haut de forme, dit Matt en le tenant devant Toby. Assure-toi qu'il n'y a rien dedans.

— Il est vide, dit Toby.

— Pas pour longtemps !

Joe fit des gestes mystérieux au-dessus du chapeau, puis en sortit un mouchoir jaune vif… et encore deux autres.

— Wow! s'émerveilla Toby.

Lorsque les applaudissements commencèrent à faiblir, Matt continua.

— Voyons si la magie fonctionnera à nouveau.

À ce moment-là, les lumières clignotèrent puis s'éteignirent, plongeant la salle dans la noirceur. Elles se rallumèrent tout d'un coup, et Joe vit un lapin blanc bondir hors du haut-de-forme et atterrir sur la table avec un bruit sourd! Mais ce n'était pas la peluche à laquelle il s'attendait. Ce lapin-là semblait presque réel.

— Où as-tu trouvé ce lapin, Matt? chuchota-t-il.

Mais Matt ne semblait pas l'avoir remarqué. Il fouillait encore dans le haut-de-forme.

— Je ne peux pas sortir le lapin. Il est coincé!

Joe fronça les sourcils.

— Mais Matt…

Il perdit la parole en regardant le lapin, qui était en fait une lapine.

Celle-ci tourna la tête et regarda Joe directement. Ses yeux brillaient d'une lueur macabre.

— Salut, Joe. Je m'appelle Fluffy, couina la lapine. J'ai 24 heures pour sauver ma maîtresse et j'ai besoin de ton aide !

CHAPITRE DEUX

Les épaules de Joe s'affaissèrent et il lâcha un gémissement profond. C'était un compagnon mort-vivant! Un animal zombie qui voulait son aide pour résoudre ses problèmes afin de pouvoir passer paisiblement dans l'au-delà.

Depuis que son oncle Charlie lui avait donné une mystérieuse amulette égyptienne, Joe se faisait harceler par des compagnons morts-vivants que seul lui pouvait voir. Mais là, c'était une première. Qu'était-il censé faire alors qu'il était sur scène, au beau milieu d'un numéro de magie?

Joe lança un regard noir à la lapine en souhaitant qu'elle disparaisse, mais elle demeurait là, à le fixer du regard.

— Je l'ai ! dit soudainement Matt en sortant un petit lapin rose du haut-de-forme.

Les spectateurs lâchèrent des cris d'appréciation.

— Tu peux le garder, si tu veux, dit Matt en le remettant à Toby, qui retourna jusqu'à son siège d'un pas fier.

Pendant ce temps, la lapine morte-vivante était toujours assise sur la table, avec son nez qui remuait et ses yeux globuleux. Joe frissonna. Maintenant qu'il la regardait de plus près, il pouvait voir que

fourrure blanche était tachetée de sang et qu'il manquait des petits bouts à ses oreilles molles.

Matt lui donna un petit coup de coude et Joe se rendit compte que c'était à son tour de parler.

— Ah, oui. Nous avons besoin d'un autre volontaire pour notre prochain tour.

Des mains se levèrent un peu partout dans la salle et Joe choisit une femme assise à quelques rangées d'eux.

— Nous allons lire dans votre esprit. Pensez à un chiffre entre 1 et 10, mais ne nous dites pas lequel…

La femme hocha la tête.

— Maintenant, multipliez ce chiffre par 2, puis ajoutez 10…

Joe essayait d'ignorer Fluffy, mais elle avait commencé à bouger et s'approchait de lui en sautillant sur la table.

— Euh… Divisez ce chiffre par deux…

Joe s'interrompit et fixa la lapine.

La femme hocha la tête en attendant la prochaine étape.

— Et puis soustrayez votre chiffre de départ, dit Matt en prenant la relève de Joe.

Joe était à nouveau concentré sur la lapine zombie.

Elle était maintenant assise sur ses pattes arrière et le regardait, la tête penchée de côté. Joe remarqua qu'elle avait une longue cicatrice sur le ventre.

— Aide-moi, Joe, supplia Fluffy. C'est une course contre la montre.

— Et maintenant, nous allons lire dans votre esprit, dit Matt à la femme.

Lui et Joe fermèrent les yeux et dirent à l'unisson : « La réponse est cinq ! »

— C'est exact ! dit la femme.

Les spectateurs les acclamèrent, mais Joe était encore déconcentré.

Fluffy le fusillait du regard.

— Arrête ces stupidités et aide-moi ! ordonna-t-elle.

Joe secoua la tête et Fluffy plissa les yeux.

— Nous allons maintenant finir avec de la jonglerie, annonça Matt.

Les garçons se rendirent à l'avant de la scène et commencèrent à jongler avec trois balles chacun. Joe avait pratiqué ce numéro pendant des semaines, mais maintenant, il ne pouvait plus se concentrer. Il lançait continuellement des coups d'œil par-dessus son épaule pour voir ce que Fluffy faisait. Tout à coup, elle fit tomber le haut-de-forme de la table et il y eut un gros bruit sourd !

Les spectateurs eurent le souffle coupé. Joe laissa tomber ses balles de jonglerie. Alors qu'il se penchait pour les ramasser, il vit que la lapine était descendue de la table, avait soulevé le rebord du chapeau avec son nez, était maintenant rendue à l'intérieur et le faisait avancer sur la scène.

Joe essaya de saisir le chapeau, mais il trébucha sur les pans de son manteau et s'étendit de tout son long.

Les spectateurs se mirent à hurler de rire.

— Qu'est-ce que tu fais ? siffla Matt.

Joe essaya à nouveau d'agripper le chapeau, et cette fois il réussit.

Il le souleva et y trouva la lapine, qui leva le regard vers lui avec ses yeux verts lumineux.

— Es-tu prêt à m'aider, maintenant, Joe ? dit Fluffy.

— Non !

Joe mit le chapeau sur sa tête et s'en alla saluer la foule avec Matt.

Les spectateurs étaient en délire. Ils criaient et applaudissaient et le père de Matt sifflait comme un train. Les spectateurs les avaient adorés !

Joe lança un regard vers Matt. Il craignait que son ami soit fâché qu'il ait gâché leur numéro, mais Matt leva le pouce en signe d'approbation ! Joe lâcha un soupir de soulagement et se retourna pour quitter la scène. Il fit un pas et sentit quelque chose de mou sous son pied. Il baissa les yeux. Un gros morceau de crotte de lapine zombie était collé sur le devant de sa chaussure.

CHAPITRE TROIS

— **C**omment as-tu fait ce tour avec le chapeau ? demanda Matt aussitôt qu'ils arrivèrent au vestiaire.

— Eh bien… euh…

Joe ouvrit son manteau. Il avait chaud et était tout en sueur.

— C'est mon… grand-papa qui m'a montré comment faire.

— Je ne savais pas que ton grand-papa connaissait des tours de magie ! Cool !

— Euh… ouais, marmonna Joe en grattant la crotte de zombie de sa chaussure.

À ce moment-là, la porte s'ouvrit brusquement et Ben fit irruption.

— C'était génial ! s'exclama-t-il. Comment as-tu réussi à faire bouger ce chapeau tout seul ?

Joe sentit son visage rougir. Il haussa les épaules.

— Un magicien ne révèle jamais ses secrets.

— Avais-tu caché des fils dans tes manches ? demanda Ben. Ou mis une voiture télécommandée dans le chapeau ?

Joe avala avec difficulté.

— Je ne peux pas te le dire, sinon le… euh… le cercle magique me fera disparaître à tout jamais !

Matt leva les yeux au ciel.

— Il va falloir que je demande à ton grand-papa la prochaine fois que je le verrai chez toi.

— Hé, dit Ben. Le prochain numéro est celui du chien des jumelles. Il faut voir ça !

Il partit en flèche et Joe le suivit, soulagé de pouvoir échapper à toute autre question.

Alors qu'ils couraient dans le corridor, Joe restait à l'affût de la lapine zombie. Il ignorait où elle était allée, mais il savait qu'elle reviendrait le hanter bientôt! Il espérait seulement qu'elle allait attendre la fin du spectacle…

Wouaf! Wouaf! Wouaf!

Lorsque les garçons revinrent dans la grande salle, Smartie et les jumelles étaient déjà sur scène. Joe et Matt s'entassèrent dans les coulisses avec les autres pour regarder. Ava et Molly avaient installé un parcours d'obstacles avec des haies basses et un tunnel. Tous poussèrent un cri d'admiration lorsque Smartie sauta par-dessus le premier

obstacle et se propulsa par-dessus le deuxième. Elle manqua le troisième et passa dessous sur le ventre. Ensuite, Ava sortit un cerceau pour qu'elle puisse sauter à travers. Mais à ce moment-là, Joe sentit une chose froide et poilue lui frôler les chevilles.

— Salut, Joe. Je te cherchais !

Fluffy était accroupie à ses pieds et le regardait. Joe l'ignora.

— Es-tu prêt à m'aider, maintenant ? demanda-t-elle, entêtée. Je ne partirai pas tant que tu ne l'auras pas fait !

Joe lui lança un regard noir et ne dit rien.

— Le temps passe et chaque seconde est précieuse ! s'obstina-t-elle.

Joe secoua la tête et montra la scène du doigt.

— Humpf, grogna Fluffy. Tu ne veux pas m'aider avant la fin de ce spectacle stupide ? Eh bien, ça arrivera peut-être plus vite que tu ne le penses.

Joe se retourna pour regarder Fluffy, mais à ce moment, les lumières clignotèrent et s'éteignirent. Lorsqu'elles se rallumèrent, Fluffy était partie.

Ava et Molly saluèrent la foule et quittèrent la scène avec Smartie.

— Notre prochain numéro ce soir est celui des Hurricanes de Heathfield ! annonça monsieur Hill.

Les gymnastes entrèrent sur scène en faisant la roue. Ils se mirent en équilibre sur la tête et sur les mains et une des filles fit même un salto arrière. Ensuite, ils se lancèrent dans d'autres roues, se promenant sur toute la scène en se croisant. Mais soudain, les lumières clignotèrent encore, puis s'éteignirent complètement !

On entendit des boums, des bruits sourds et des cris sur scène alors que les gymnastes, dans le noir, fonçaient les uns dans les autres. Les spectateurs retenaient leur souffle. Un bébé se mit à pleurer à l'arrière de la salle. Smartie commença à se lamenter. Puis, le faisceau d'une lampe de poche apparut sur la scène…

— Ne paniquez pas ! dit monsieur Hill en balayant la salle avec la lampe de poche. Restez tous à vos sièges. On dirait que la tempête a causé une panne électrique. Si l'électricité ne revient pas dans les cinq prochaines minutes, j'ai bien peur que nous devrons annuler le spectacle.

Les enfants se mirent à gémir en chœur.

LES COMPAGNONS MORTS-VIVANTS

— Et notre numéro, alors ? se plaignit Spiker, qui n'avait pas encore fait ses tours de diabolo.

— Comment pourra-t-il y avoir un gagnant ? se lamenta Léonie.

Monsieur Hill soupira.

— Je vais jeter un coup d'œil au panneau électrique. Mademoiselle Bruce, pourriez-vous venir prendre les choses en charge ? Pendant ce temps, je vous demande à tous de demeurer à vos sièges.

Avec le temps, les spectateurs commencèrent à s'impatienter. Les marmonnements se transformèrent en conversations animées et d'autres jeunes enfants parmi les spectateurs se mirent à pleurer.

— Je me demande ce qui s'est passé, dit Matt en jetant un coup d'œil de l'autre côté du rideau pour voir s'il trouvait ses parents dans la salle sombre.

— Je vous l'avais dit, s'exclama Nick. Maintenant, une tornade va probablement arracher le toit !

Molly poussa un petit cri.

— Ne dis pas ça !

À ce moment-là, Joe sentit quelque chose de doux frôler sa cheville. Un éclair blanc disparut de l'autre côté du rideau de scène. Joe fronça les sourcils. Il avait le sentiment que ce n'était pas le vent qui avait ruiné le spectacle…

— Fluffy ! dit-il à voix basse.

Il se doutait bien que cette panne de courant était son œuvre ! L'un de ses cousins plus âgés avait déjà eu un lapin, et Joe se souvenait qu'il avait mâché les fils de téléphone. Est-ce que Fluffy aurait pu faire la même chose aux câbles électriques de l'école ?

Monsieur Hill réapparut sur la scène.

— Mesdames et messieurs, je suis sincèrement désolé, mais nous devons mettre fin au spectacle. Dans quelques instants, nous ouvrirons les portes de secours à l'arrière et nous vous escorterons hors du bâtiment.

Mademoiselle Bruce apparut à l'arrière-scène.

— Suivez-moi, tout le monde, s'il vous plaît.

Alors que Joe tâtonnait pour trouver son chemin dans les escaliers, il vit que des yeux verts déterminés le regardaient d'en dessous d'une chaise. Il sut à ce moment-là que tout était de la faute de la lapine zombie. Il en était sûr!

CHAPITRE QUATRE

Aussitôt qu'ils arrivèrent à la maison, Joe enleva ses chaussures et se précipita en haut. Il ne se donna même pas la peine d'enlever son manteau. Il ouvrit brusquement la porte de sa chambre et vit, bien allongée sur son lit, la lapine, avec son nez qui remuait comme un train à haute vitesse.

— Salut, Joe.

— C'était toi, n'est-ce pas ? grogna-t-il. Tu as ruiné le spectacle de mon école !

— Pas vrai ! dit la lapine d'un air entêté. En fait, j'ai amélioré ton numéro !

— Humpf! dit Joe en fronçant les sourcils. À cause de toi, la moitié de ma classe n'a pas pu présenter de numéro.

— Mais j'avais besoin de ton aide, de toute urgence!

— D'ailleurs, comment as-tu réussi à faire ça?

Fluffy inclina la tête de manière angélique, mais ne répondit pas.

— C'était une chose horrible à faire ! dit Joe.

— Je n'arrête pas de te dire que le temps file !

— Le temps pour quoi ? répondit sèchement Joe.

— Pour qu'on retrouve le collier. Si on ne le trouve pas, Olivia va avoir de tels ennuis !

— Olivia ? dit Joe. C'est qui, Olivia ?

Il gonfla les joues, exaspéré, puis il s'assit au bout de son lit. Il avait appris qu'il valait mieux s'occuper des compagnons morts-vivants aussi rapidement que possible — avant qu'ils aient la chance de causer trop de chaos !

— D'accord, soupira-t-il. Raconte-moi ce qui s'est passé.

Fluffy demeura silencieuse pendant un instant et son nez commença à remuer moins rapidement.

— Olivia était ma maîtresse. J'étais avec elle depuis trois ans. Elle s'occupait toujours beaucoup de moi. Elle me donnait de la nourriture, nettoyait ma cage, brossait ma fourrure…

Joe se priva de mentionner que la fourrure de Fluffy, avec ses taches de sang et sa lueur verte épouvantable, n'était plus très belle…

— Et elle me racontait tout, continua Fluffy. Des secrets, des histoires. Elle m'incluait même dans certains de ses jeux. Mais il y a deux jours, un de ses jeux a mal tourné. Olivia était dans le jardin après l'école et elle s'était déguisée… Elle avait

emprunté le plus beau collier de sa grande sœur. Elle est venue me le montrer. Elle ressemblait à une princesse ! Tout à coup, pendant qu'elle courait, le fermoir s'est ouvert et le collier est tombé dans l'herbe longue. Olivia ne s'en est pas rendu compte parce qu'elle était trop concentrée sur son jeu. Mais moi, je l'ai vu. Tu vois, j'aime surveiller tout ce qui se passe dans le jardin…

— Alors ? Qu'est-ce qui s'est passé après ? demanda Joe. Elle s'est rendu compte qu'elle avait perdu le collier ?

— Non, dit Fluffy d'une voix sombre. J'ai essayé de capter son attention. J'ai frappé mon bol contre les barreaux de ma cage. Elle a pensé que je voulais juste qu'elle vienne me voir, ce qu'elle a fait, mais je ne pouvais pas lui dire ce qui s'était passé ! Puis, sa maman l'a appelée, car c'était l'heure de la collation.

Joe fronça les sourcils.

— Elle a dû se souvenir du collier à un moment donné…

Fluffy fit signe que oui.

— Elle est sortie jeter un coup d'œil dans le jardin après sa collation, donc elle a dû se rendre compte qu'elle l'avait perdu, mais elle ne l'a pas trouvé. Puis, je l'ai entendue dire qu'elle l'avait sûrement perdu dans la maison, et elle est retournée à l'intérieur pour le chercher.

— Et la sœur d'Olivia ? Est-ce qu'elle a remarqué que son collier a disparu ?

Fluffy secoua la tête.

— Pas encore. Sally le porte seulement lors d'occasions spéciales. Mais hier, je l'ai entendue parler sur son cellulaire et elle disait à son amie qu'elle avait bien hâte au bal des finissants, samedi soir, et qu'elle allait porter son collier.

— Oh oh, s'exclama Joe.

Fluffy hocha la tête.

— Je savais qu'Olivia aurait de terribles ennuis lorsque Sally découvrirait qu'il était manquant, alors j'ai décidé de l'aider…

Le nez de la lapine commença à remuer de plus en plus rapidement, et maintenant, ses oreilles tremblaient aussi. Puis, tout son corps se mit à frissonner.

— Est-ce que ça a quelque chose à voir avec… euh… la façon dont tu es morte ? demanda Joe d'une voix douce.

Fluffy fit signe que oui.

J'ai décidé de faire un tunnel vers l'extérieur pour trouver le collier.

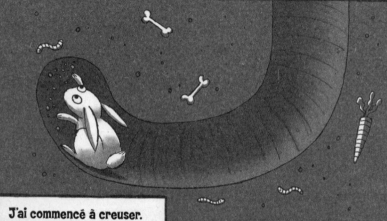

J'ai commencé à creuser.

Ça n'a pas pris beaucoup de temps.

J'ai commencé à chercher le collier.

Mais je n'ai pas vu le renard caché dans les buissons.

— Il t'a attrapée ?

Fluffy fit signe que oui en regardant sa grosse cicatrice.

— Eurk ! gémit Joe.

— Le papa d'Olivia m'a trouvée à temps. Il m'a emmenée chez le vétérinaire et ils m'ont recousue, mais il était trop tard.

Fluffy sortit la langue et fit un visage de mort.

— Et le collier ? demanda Joe pour changer de sujet. Est-ce qu'Olivia le cherche toujours ?

— Elle est tellement triste de ma mort qu'elle l'a complètement oublié. C'est pour ça que nous devons le trouver pour elle. Et il ne reste pas grand temps ! Le bal des finissants est demain et la sœur d'Olivia va avoir besoin du collier pour se préparer. Il faut qu'on le trouve ce soir.

— Mais il est presque 21 h ! dit Joe. Il fait noir dehors. Peut-être que toi tu peux voir où tu vas, avec tes yeux bizarres, mais moi, je ne suis qu'un humain. Je ne peux pas voir dans la noirceur.

— Tu as une lampe de poche, n'est-ce pas ?

Fluffy sautilla sur le lit de Joe jusqu'à l'oreiller et le souleva avec ses dents, révélant la lampe de poche cachée dessous. Joe n'avait aucune idée de la manière dont Fluffy avait su où il la gardait.
Il ne voulait pas trop penser aux pouvoirs de ces étranges créatures mortes-vivantes qui ne le laissaient pas tranquille!

— Je ne peux pas partir comme ça tout seul en pleine nuit. Maman et Papa vont s'inquiéter!

— Ne fais pas la mauviette. C'est juste à côté!

Joe écarquilla les yeux.

— Olivia habite à côté?

Une nouvelle famille, les Steel, avait emménagé quelques semaines plus tôt. Joe avait vu les deux filles, mais ne leur avait pas vraiment porté attention.

— Maintenant, écoute-moi bien, dit Fluffy. J'ai entendu Sally dire qu'elle allait rencontrer son amie à 19 h demain, ce qui veut dire qu'elle va sûrement commencer à se préparer à 18 h.

Fluffy lança un coup d'œil à l'horloge de Joe.

— Ça nous laisse moins de 22 heures pour sauver Olivia !

Joe gonfla les joues. C'était comme recevoir des ordres d'un général de l'armée pour une mission de sauvetage !

— On ne peut pas attendre à demain matin ?

— Non ! dit sèchement Fluffy. La famille te verrait ! Il faut que ça se passe ce soir.

Joe y pensa pendant un instant. Dehors, il faisait noir et le vent hurlait, mais si Joe voulait devenir un explorateur comme Oncle Charlie, il fallait qu'il s'habitue à des situations comme celle-là. D'ailleurs, c'était peut-être pour cela que son oncle lui avait donné l'amulette : pour le tester…

— D'accord, dit-il enfin. Mais il va falloir attendre que Maman et Papa soient couchés. Ils vont piquer une crise s'ils me voient sortir en cachette.

CHAPITRE CINQ

Joe frissonna lorsqu'il sortit dans la cour par la porte de la cuisine. Il n'y avait pas de lune ; le ciel était trop nuageux. La seule lueur venait de sa lampe de poche et de la fourrure lumineuse de Fluffy.

La lapine courut le long de l'allée et disparut dans les buissons.

Joe baissa sa cagoule et se faufila derrière elle. Il n'aimait pas vraiment porter sa cagoule parce qu'elle lui piquait la tête, mais il savait qu'il devait absolument couvrir un maximum de peau possible. Comme ça, il risquait moins d'être repéré.

— Fluffy ? Où es-tu ?

Il s'arrêta à mi-chemin dans le gazon.

Les grands arbres au bout du jardin craquaient et se lamentaient dans le vent. Leurs feuilles bruissaient et leurs branches frappaient sinistrement sur la clôture. Même les choses les plus ordinaires, comme la corde à linge et la balançoire, surgissaient de la noirceur et semblaient grosses, noires et menaçantes. Les balançoires bougeaient aussi, en grinçant comme si des enfants fantômes s'y balançaient.

L'ASCENSION DE LA LAPINE ZOMBIE

— Fluffy ? chuchota Joe.

— Ici !

Elle attendait à côté de la clôture entre le jardin des Steel et celui de Joe.

— Veux-tu que je t'aide à passer par-dessus ? dit Joe.

Sans y penser, il se pencha et prit la lapine.

— Non !

Elle se débattit pour se dégager. Ses griffes arrière s'enfoncèrent dans la main de Joe et lui firent une vilaine coupure sur les jointures.

— Aïe! s'écria Joe en laissant tomber Fluffy sur-le-champ.

— Pourquoi as-tu fait ça? cria Fluffy. Je n'aime pas me faire prendre. Tu ne connais donc rien aux lapins?

— Je sais qu'ils sont fatigants! répliqua Joe, fâché.

Fluffy lui lança un regard noir.

— Viens, on y va. Et je n'ai aucunement besoin de ton aide pour passer la clôture!

En disant cela, elle sauta directement à travers la clôture, comme si elle n'existait pas, tandis que Joe dut se hisser par-dessus. Il sauta pour descendre de l'autre côté et frotta sa main, où sa blessure élançait encore.

— Vite! Viens ici, Joe! Je crois que j'ai trouvé l'endroit où Olivia a perdu le collier.

Fluffy reniflait l'herbe au milieu du jardin des nouveaux voisins de Joe.

Joe s'avança lentement. Le gazon était long. On aurait dit qu'il n'avait pas été coupé depuis longtemps. Il se sentait mal d'être dans le jardin de quelqu'un d'autre, surtout en pleine nuit. Il ne voyait aucune lumière dans la maison des Steel. Il espérait qu'ils étaient tous couchés, tout comme sa propre famille. Joe avala avec difficulté. Il se sentait comme un voleur.

— À quoi ressemble le collier ? chuchota-t-il.

— C'est une mince chaîne en or avec un médaillon en forme de cœur au bout, répondit Fluffy.

— Et tu es certaine qu'il est tombé ici ?

— Je crois que oui…

Fluffy enfonça son nez dans une touffe de gazon et commença à grignoter quelques brins.

— Miam… c'est sucré…

— Arrête de grignoter et commence à chercher! dit Joe, irrité.

Il dirigea la lumière de sa lampe de poche sur le gazon, mais il était si long et fourni que c'était comme chercher un grain de riz sur une plage. Il s'accroupit et tâta le sol avec ses doigts. Rien, à part quelques limaces gluantes. Joe en retira une de ses doigts et essuya la bave sur ses pantalons.

— Es-tu sûre que c'est ici qu'elle l'a perdu? demanda Joe.

— En tout cas, c'est ici que le renard m'a eue! dit Fluffy.

À ce moment-là, l'une des oreilles de Fluffy se dressa et ses yeux commencèrent à briller encore plus fort qu'avant. Puis, son nez se mit à remuer à la vitesse turbo…

— Danger! dit Fluffy.

Elle frappa le sol avec sa patte arrière, faisant un gros bruit sourd.

— Qu'est-ce qui se passe ? chuchota Joe. Qu'est-ce que tu fais ?

Il lança un coup d'œil aux arbres et ensuite aux buissons. Est-ce qu'il y avait un autre renard ?

— Les renards ne peuvent plus te faire de mal, Fluffy. Tu es déjà morte !

Mais ce n'était pas un renard qui avait capté l'attention de Fluffy. Un faisceau de lumière éclaira soudain les yeux de Joe et, dans le noir, des mains rugueuses agrippèrent son manteau et le secouèrent.

— Hé ! gronda une voix grave. Qu'est-ce que tu fais là ?

Joe eut le souffle coupé. Il avait devant lui le visage très fâché d'un agent de police.

CHAPITRE SIX

— Qu'est-ce que tu fabriques ? demanda sèchement le policier en tenant toujours fermement le bras de Joe. Tu rôdes autour pour essayer d'entrer dans la maison ?

— Noooooooon ! s'écria Joe.

Sa bouche était sèche. Son cœur battait la chamade et il sentit ses jambes fléchir un peu.

— S'il vous plaît… Je m'appelle Joe Edmunds, balbutia-t-il. Je… j'habite à côté !

— Quoi ?

Le policier relâcha légèrement sa prise sur le bras de Joe.

— Enlève ta cagoule !

Joe fit ce qu'il lui demandait et le policier éclaira son visage avec la lampe de poche. Puis, il soupira.

— Qu'est-ce que tu fais dans mon jardin ?

— Votre jardin ? dit Joe.

Il regarda le visage de l'homme, puis se rendit compte que le policier devait être monsieur Steel, son nouveau voisin !

— Je… je ne savais pas que vous étiez policier, balbutia Joe.

— Évidemment pas, dit froidement monsieur Steel. Mais même si je n'étais pas policier, tu ne devrais pas être dans mon jardin en pleine nuit. Qu'est-ce que tu fabriques ?

— Eh bien…

Joe essayait désespérément de penser à une histoire à lui raconter, mais il avait de la difficulté à parler. Il avait une boule dans la gorge et son estomac était à l'envers.

— C'est que… J'ai perdu quelque chose dans votre jardin et je… euh… je le cherchais.

— Quoi ?

— Des balles de golf ! dit nerveusement Joe.

C'était la première chose qui lui était passée par la tête. Il détestait mentir. Son visage le trahissait toujours. Mais avec un peu de chance, monsieur Steel pourrait ne pas le remarquer à la lumière de la lampe de poche.

— Pourquoi cherchais-tu des balles de golf dans mon jardin ?

— Eh bien, hier j'ai pratiqué avec les bâtons de mon père et j'ai perdu quelques balles par-dessus votre clôture. Ce sont ses préférées ; elles coûtent très cher. Je voulais les récupérer avant qu'il remarque qu'elles sont manquantes.

Monsieur Steel lâcha le bras de Joe et dirigea la lumière de la lampe de poche sur le gazon.

— Je ne vois aucune balle de golf…

Joe avala avec difficulté.

— Cela dit, ajouta monsieur Steel avec un léger sourire, le gazon est tellement long qu'il serait difficile d'y trouver quoi que ce soit !

Puis, il dirigea la lumière sur Joe.

— Viens. Allons voir ce que ton père pense de tout ça.

Joe gémit. Il savait exactement ce que son père allait penser de tout ça. Il allait le priver de sortie pour toujours — au moins jusqu'à l'âge de 42 ans !

Monsieur Steel le mena le long de l'allée en gravier qui longeait la maison, jusqu'à la porte de chez Joe.

— Comment es-tu passé par-dessus la clôture ? demanda monsieur Steel. Ça a dû être tout un défi !

Joe garda la tête baissée et ne répondit pas. Son cœur battait toujours très fort. Jamais encore il ne s'était mis dans un tel pétrin.

Alors qu'ils attendaient devant la maison de Joe que ses parents viennent à la porte, monsieur Steel bâilla.

— Nous devrions tous deux être couchés à cette heure, Joe!

Joe hocha la tête d'un air morose. Il se sentait ridicule, là devant sa propre maison, habillé comme un voleur avec un policier à ses côtés!

— Qu'est-ce qui se passe? demanda Papa en ouvrant la porte, vêtu de sa robe de chambre.

Il jeta un coup d'œil à Joe et ensuite au policier.

— Mais que diable as-tu fait, Joe?

— J'ai malheureusement trouvé votre garçon dans mon jardin, dit monsieur Steel. Il dit qu'il cherchait des balles de golf…

— Quoi?

Puis, Papa comprit soudainement qui était le policier.

— Vous êtes monsieur Steel, n'est-ce pas ? dit-il.
Je suis navré. Je vous prie d'entrer.

— Non, merci beaucoup. Je viens d'arriver de
travailler et une bonne tasse de thé m'attend dans
la cuisine.

Il sourit à Joe.

— Bien qu'elle doive être froide, maintenant.

— Je ne peux pas vous dire à quel point je suis
gêné, s'excusa Papa. Nous voulions aller chez vous

pour nous présenter. Ce n'est pas exactement ce que j'avais en tête !

Il fusilla Joe du regard.

— J'espère que tu t'es excusé d'être entré dans le jardin de monsieur Steel.

— Je suis très désolé, vraiment.

Joe traîna son pied à terre.

Monsieur Steel haussa les épaules.

— N'en parlons plus. J'ai déjà été jeune, Joe. Je sais que les garçons ont parfois des idées farfelues.

— C'est très gentil de votre part ! dit Papa. Beaucoup plus gentil que ce que Joe mérite.

Aussitôt que la porte se referma, son papa explosa de colère.

— Comment as-tu pu être aussi stupide ? Te sauver en pleine nuit et pénétrer dans le jardin de notre nouveau voisin sans autorisation ; notre nouveau voisin qui est sergent de police ! C'est vraiment complètement ridicule !

Joe baissa la tête.

— Et chercher des balles de golf ? Je ne joue même pas au golf ! Que diable allais-tu faire ?

— Eh bien… Je…

— Est-ce que tu jouais à l'espion ou à quelque chose du genre ?

Joe fit signe que oui.

— Oui, quelque chose de ce genre.

— Eh bien, ce n'est pas brillant, Joe ! Demain matin à la première heure, tu vas aller chez monsieur Steel pour t'excuser comme il faut…

Joe hocha la tête. Les larmes commençaient à s'accumuler dans ses yeux.

— Je suis vraiment désolé. Je ne le ferai plus jamais.

— Ça, c'est sûr ! Tu es privé de sortie !

— Qu'est-ce qui se passe ?

Maman venait d'apparaître sur le palier.

— Qui était à la porte ? Joe, pourquoi es-tu habillé ?

— Il était dehors en train de rôder dans le jardin du voisin !

— Oh, Joe ! dit Maman.

Tout à coup, elle éternua quatre fois de suite, comme un chat qui s'étouffe avec une boule de poils.

— Va te coucher! gronda Papa. On reparlera de ça demain matin.

Il s'en alla en haut d'un pas lourd et Joe le suivit. Il pouvait voir, sur le palier, une forme verte et lumineuse. Fluffy était cachée derrière le panier à linge.

— Qu'est-ce qui se passe?

Sa grande sœur, Sarah, avait sorti la tête par la porte de sa chambre.

— Qu'est-ce que monsieur bizarroïde a fait, cette fois-ci?

— Ne l'appelle pas comme ça! dit sèchement Maman.

Puis, son nez remua et elle recommença à éternuer comme une mitrailleuse. La fourrure de Fluffy avait éveillé ses allergies!

— Dites-le-moi! cria Sarah, juste assez fort pour se faire entendre par-dessus les éternuements de Maman. Qu'est-ce qu'il a fait, cette fois-ci?

— Ton frère a décidé de rendre visite à nos nouveaux voisins, répondit sèchement Papa. Sauf qu'il a décidé de le faire en pleine nuit, habillé comme un voleur et sans invitation !

Les yeux de Sarah s'écarquillèrent.

— C'est une blague, hein ?

— Non, je ne blague pas.

Joe lança un regard noir à sa sœur.

Son visage s'illumina comme une citrouille d'Halloween.

— Attends que je raconte ça à mes amies…

— La ferme, grogna Joe.

— Au lit ! Tout de suite ! Vous deux ! dit Maman entre ses éternuements.

Joe s'en alla dans sa chambre. Alors qu'il passait devant la chambre de Toby, son frère sortit la tête par la porte.

— T'es génial, Joe ! chuchota Toby.

Puis, il rentra rapidement dans sa chambre avant que Papa ne puisse le disputer lui aussi.

CHAPITRE SEPT

— Alors, qu'est-ce qu'on fait, maintenant ?

Fluffy l'attendait déjà dans sa chambre, assise à côté de son réveil sur sa table de chevet.

— Rien ! siffla Joe.

Il ôta ses chaussures et les envoya avec un coup de pied en espérant que l'une d'elles frappe accidentellement Fluffy sur la tête.

— Je ne ressors plus.

— Mais tu dois le faire ! Regarde l'heure, Joe. Il nous reste moins de 19 heures. Chaque seconde compte ! Tu dois m'aider à retrouver ce collier.

— Non !

Cette fois, Joe fit exprès pour lui lancer une chaussette, mais Fluffy s'esquiva.

— Dégage! grogna-t-il. J'en ai assez de toi… et de tes problèmes.

Il se mit en pyjama et se glissa dans son lit.

Fluffy lui lança un regard noir et resta silencieuse quelques minutes, puis elle s'assit sur ses grandes pattes arrière et commença à se laver, faisant revoler des boules de poil partout dans la chambre. On aurait dit une tempête de neige.

— Arrête! s'étouffa Joe.

La fourrure entrait dans son nez et dans sa gorge. Il toussa plusieurs fois et recracha du poil.

— Aide-moi, Joe, dit Fluffy. S'il te plaît… Maintenant!

— Non !

Joe se cacha sous sa couverture.

— VA-T'EN ! cria-t-il.

Joe attendit quelques minutes, puis jeta un coup d'œil d'en dessous de la couverture. La lapine était partie, mais sa fourrure était toujours là. Joe sortit du lit et ouvrit la fenêtre en espérant que la fourrure s'envole, puis il replongea sous les couvertures.

DING ! DONG !

Joe ouvrit les yeux et gémit. Sa gorge était sèche et l'endroit où Fluffy l'avait égratigné l'élançait. Il jeta un coup d'œil à son réveil. Il était 6 h du matin.

DING ! DONG !

Joe fronça les sourcils. Mais qui pouvait bien sonner à la porte à cette heure ? Tout à coup, ça lui revint. La vente-débarras communautaire ! Il était censé aider Matt et sa maman.

Il bondit hors du lit et ouvrit brusquement les rideaux. Dehors, la maman de Matt lui faisait signe de la main depuis sa voiture.

DING ! DONG !

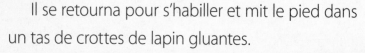

Matt sonnait encore à la porte.

— Mince ! marmonna Joe.

Il se retourna pour s'habiller et mit le pied dans un tas de crottes de lapin gluantes.

— Eurk, grimaça-t-il.

— Joe ?

Sa maman apparut à la porte de sa chambre.

Joe eut un instant de panique en se demandant comment il allait faire pour expliquer pourquoi il y avait des crottes de lapin à la grandeur du plancher de sa chambre. Puis, il se souvint que lui seul pouvait les voir.

— J'avais oublié la…

Sa maman éternua.

— … vente-débarras communautaire! Matt et sa maman sont déjà arrivés!

Elle éternua six fois de plus, comme un train à vapeur qui quitte la gare.

— Je ne sais pas ce qui m'arrive, ajouta-t-elle.

— C'est peut-être Smartie, le chien des jumelles, dit Joe en enfilant un chandail. Je l'ai flatté au spectacle. Des poils se sont peut-être collés à mes vêtements.

— Tu penses aller où, comme ça? dit sèchement Papa, qui venait d'apparaître à côté de Maman devant la porte. As-tu oublié que tu es privé de sortie?

— Mais c'est la vente-débarras communautaire! s'écria Joe. J'y participe avec Matt, tu te souviens?

— Je m'en moque, dit Papa. Après tes bêtises d'hier soir, tu ne vas nulle part!

DING! DONG!

— Je vais répondre à la porte! dit Toby, qui venait d'apparaître sur le palier en pyjama.

— Dis-leur que Joe ne vient pas! dit Papa, alors que Toby se dépêchait de descendre.

71

— Mais ce n'est pas la faute de Stéphanie, dit Maman à Papa.

Elle était amie avec Stéphanie, la maman de Matt.

— Lorsque je l'ai vue au spectacle, hier soir, elle m'a dit à quel point elle était contente que Joe et Matt puissent l'aider.

— Et Matt et moi on a trié plein de nos vieilles choses pour les vendre, ajouta Joe, le regard plein d'espoir. S'il te plaît, Papa.

— Je pense qu'on devrait le laisser y aller, dit Maman en pinçant son nez pour essayer de s'empêcher d'éternuer.

Papa fronça les sourcils.

— D'accord. Mais ne pense pas que tu vas t'en sortir aussi simplement, Joe. Ce n'est pas terminé.

Joe hocha la tête.

— Prends une boîte de jus et des fruits à manger dans la voiture, lança Maman alors que Joe se dépêchait de descendre l'escalier.

— Salut, dit-il à Matt qui se tenait devant la porte. J'en ai pour une minute.

Aussitôt qu'il entra dans la cuisine, Fluffy apparut.

— Enfin! Viens-tu dehors pour m'aider à chercher le collier? couina-t-elle en remuant les oreilles. J'ai cherché toute la nuit, mais je ne l'ai pas encore trouvé. J'ai besoin de ton aide!

Joe secoua la tête. Il saisit une pomme et en prit une bouchée, puis mit une boîte de jus dans sa poche.

— Je vais à la vente-débarras communautaire avec Matt ce matin, dit-il après avoir pris une autre bouchée.

— Quoi?

— Oui, j'avais complètement oublié, chuchota-t-il pour que Matt ne puisse pas l'entendre. Mais je vais être revenu avant l'heure du dîner.

Fluffy jeta un coup d'œil à l'horloge de la cuisine. Il était 6 h 15.

— Mais il nous reste moins de 12 heures! Comment suis-je censée trouver le collier toute seule?

— Il n'est peut-être pas là, dit Joe en prenant une autre bouchée de sa pomme. Un hérisson l'a peut-être mangé! Ou peut-être qu'une pie voleuse l'a emporté avec elle!

— Non! Il est là! Je l'ai vue le perdre! Il faut juste qu'on le trouve, dit Fluffy. Olivia va avoir de sérieux ennuis si on ne le trouve pas.

— Des ennuis comme ceux que j'ai eus hier soir?

Joe leva les yeux au ciel.

— Si jamais elle a des ennuis, elle va s'en sortir. Et de toute façon, c'est tout ce qu'elle mérite pour avoir volé le collier de sa sœur !

— Elle ne l'a pas volé. Elle l'a emprunté !

— Allez, Joe ! appela Matt du pas de la porte.

Joe passa par-dessus Fluffy et quitta la cuisine. Mais Fluffy le suivit.

— Si tu ne m'aides pas, je vais te hanter pour toujours !

Joe s'arrêta. Il n'avait pas trop le goût de passer le reste de sa vie avec des crottes de lapine zombie dans sa chambre. Sans mentionner les éternuements de sa maman. Quel chaos Fluffy pourrait-elle causer si elle le suivait à l'école tous les jours ? Mais il n'avait pas le temps de l'aider tout de suite.

— Te voilà, Joe, dit sa maman, qui parlait avec Matt dans l'entrée. Dépêche-toi ! Tu as assez fait attendre Stéphanie.

Joe ramassa l'une des boîtes en carton pleines de choses à vendre et Matt ramassa l'autre.

Tandis que Matt se dirigeait vers l'auto, Maman s'approcha de Joe et déposa un baiser sur sa joue.

— J'aurais aimé y aller aussi ! J'adore faire des trouvailles dans les ventes-débarras !

Tout à coup, Joe eut une idée. Alors qu'il sortait, il fit signe à Fluffy de le suivre.

— Salut, Maman ! lança-t-il.

À mi-chemin vers l'auto, il se pencha et fit semblant de nouer son lacet.

— Écoute-moi, Fluffy, chuchota-t-il. Pourquoi on n'essaie pas de trouver un autre collier à la vente-débarras ?

La lapine s'assit sur ses pattes arrière. Ses yeux clignaient et son nez remuait.

— Qu'est-ce que tu veux dire ?

— Il y a des tonnes de choses dans une vente-débarras. On pourrait trouver un collier identique à celui de Sally !

— Tu crois ?

Fluffy ne semblait pas convaincue.

Joe haussa les épaules.

— Je ne sais pas, mais ça vaut la peine d'essayer.

— Tu ferais mieux d'avoir raison, Joe. Sinon, je serai ton nouvel animal de compagnie !

Fluffy fit des yeux exorbités et sortit les dents en une grimace épouvantable.

Joe frissonna. Une chose était sûre : il ne voulait pas voir ce visage tous les jours.

CHAPITRE HUIT

La vente-débarras avait lieu dans un grand champ juste à l'extérieur de la ville. Lorsqu'ils y arrivèrent, il y avait déjà une longue file de voitures qui attendaient pour se garer.

Joe était assis dans le siège arrière, ses boîtes à côté de lui. Mais il n'était pas seul : Fluffy était accroupie à ses pieds et ses yeux verts le fusillaient dans la noirceur.

— As-tu mis tes trains miniatures dans la boîte ? demanda Matt en se tournant vers lui depuis le siège avant. Et les morceaux de rails ?

— Non. Toby les a pris. Mais j'ai plein de bandes dessinées de la collection Archie. J'ai aussi quelques jeux, quelques casse-têtes, des costumes…

— Pas ton vieux costume de Pierre le facteur ! Matt sourit de toutes ses dents.

— Tu aimais le porter dans les fêtes.

— Ouais, comme toi et ton casque de pompier jaune ! Tu le mettais même pour aller magasiner.

— Pas vrai !

— Oh que oui, dit la maman de Matt. Tu pensais que tu étais Sam le pompier ! Tu demandais à tout le monde s'ils avaient besoin d'être sauvés !

Ils trouvèrent un espace où se garer et Joe et Matt aidèrent Stéphanie à installer deux longues tables, une de chaque côté de la voiture.

— Prenez celle-là, les gars, je vais mettre mes choses sur l'autre, dit-elle. Les choses que je vends pour Grand-maman restent dans le coffre de la voiture.

Fluffy s'assit sous la table des garçons.

— Je n'aime pas cet endroit, chuchota-t-elle. Il y a trop de monde. C'est trop bruyant ! Je veux aller à la maison et chercher le collier.

Joe l'ignora.

— Tu as des tonnes de CD, dit Matt alors que Joe vidait l'une de ses boîtes.

Il exhiba un CD.

— C'est quoi, ça ? *Chansons pour s'endormir pour soirées pyjama* !

— Ça, c'était à Sarah, dit Joe en arrachant le CD des mains de son ami.

— Et celui-là aussi.

Il saisit un autre CD que Matt agitait dans les airs.

— *Chansons pour le feu de camp des louveteaux* ! Ça n'a pas trop l'air d'être ton truc, Joe.

— Sarah se débarrasse toujours de ses cochonneries dans ma chambre. Il y a une tonne de ses vieilles choses, ici, ajouta-t-il.

Des chasseurs d'aubaines faisaient déjà le tour des vendeurs.

— Combien pour la collection *Archie* ? demanda un couple de personnes âgées.

— Trois dollars pour le lot ! dit Joe avec espoir.

Ils n'essayèrent pas de marchander, mais d'autres, oui.

— Six dollars ! À prendre ou à laisser ! dit Matt alors qu'un enfant au visage grognon essayait de lui faire baisser le prix d'une grosse boîte de petites voitures.

— Il y a un homme là-bas qui en vend une boîte, et il demande seulement trois dollars, dit le garçon.

— Eh bien, va l'acheter ! dit Joe.

Le garçon fit une grimace et leur remit les six dollars.

— Et le collier ? se lamenta Fluffy d'en dessous de la table. Quand allons-nous en chercher un autre pareil ?

Joe se pencha en faisant encore semblant de nouer ses lacets.

— Bientôt, chuchota-t-il. Reste tranquille !

— Quel magnifique petit poney! s'exclama une vieille dame.

Matt ricana et Joe rougit.

— Ma petite-fille l'adorerait, dit-elle. C'est combien?

Joe haussa les épaules.

— Cinquante sous?

Une fille acheta plusieurs des CD et un jeune couple avec une poussette acheta une pile de casse-têtes.

Alors que les tables commençaient à se vider, la maman de Matt suggéra aux garçons d'aller faire un tour.

— Essayez de ne pas revenir avec d'autres cochonneries! dit-elle en souriant. N'oubliez pas que nous sommes ici pour nous débarrasser des nôtres!

— Attendez-moi!

Fluffy sortit d'en dessous de la table, les yeux écarquillés et le nez remuant encore follement.

Il y avait des centaines d'étals. La plupart présentaient une panoplie de choses : des livres, des CD, des vêtements pour enfants, des casseroles, des poêles, de la coutellerie. Certains semblaient se spécialiser dans un seul type d'articles : par exemple, l'un d'eux ne vendait que des vêtements pour bébés, tandis qu'un autre vendait des bicyclettes. Un étal semblait n'avoir que des bibelots laids, des vases bruns, des bols en verre, des animaux en porcelaine…

Fluffy se promenait d'un bord à l'autre de l'allée, se faufilant sous les tables.

— Où sont les colliers ? couina-t-elle.

Mais Joe était trop occupé à regarder partout pour l'écouter.

— Ouache ! dit Matt en voyant une ballerine en porcelaine rose particulièrement affreuse.

— Je ne vois rien à mon goût, dit Joe en passant à côté d'un vélo d'exercice que deux hommes essayaient de faire entrer sur le siège arrière de leur voiture.

Tout à coup, il le vit.

— Regarde, Matt. Là-bas !

Joe avait aperçu une chose qu'il avait toujours voulu avoir…

— Qu'est-ce que c'est ? demanda Matt.

— Un détecteur de métal !

— Quoi ?

Joe se précipita vers l'appareil et le sortit de sa boîte. Il était noir et gris, avec un long manche et un disque plat à l'extrémité.

— Wow ! Il y a même des écouteurs et tout.

— Arrête de perdre du temps ! couina Fluffy en donnant des coups de tête répétés sur les chevilles de Joe.

— Mon oncle Charlie en avait un, dit Joe. Il m'a dit qu'il l'avait utilisé pour trouver des têtes de flèches et des pièces de monnaie romaines.

— Ouais, dit l'homme qui le vendait. C'est une excellente chose à avoir, surtout si ta maman perd son alliance. Tu seras un héros, fiston !

Joe examinait le détecteur de métal et n'avait pas trop porté attention à ce que l'homme disait. Puis, tout à coup, il se rendit compte de ce qu'il venait d'entendre.

Il s'arrêta un instant pour réfléchir et un sourire se dessina sur son visage. Bien sûr ! Il pourrait se servir du détecteur de métal pour trouver le collier !

— C'est combien ? demanda-t-il.

— Vingt dollars !

Joe sortit l'argent qu'il avait dans sa poche et le compta attentivement.

— J'ai 12 dollars.

L'homme secoua la tête.

— Tu veux partager ? demanda Joe à Matt.

— Je ne sais pas… Je n'avais jamais pensé acheter ça.

— Regardez, dit l'homme.

Il laissa tomber une pièce de monnaie par terre (en manquant de peu le nez de Fluffy) et mit le détecteur en marche.

— Écoutez !

Lorsqu'il la passa au-dessus de la pièce de monnaie, la machine émit un son aigu.

— Vous allez pouvoir trouver de l'or en un rien de temps si vous achetez ça.

Fluffy lâcha un cri.

— Je n'aime pas ce bruit !

Matt fit un large sourire.

— Génial, mais je n'ai que six dollars.

— Est-ce que vous en accepteriez 18 dollars ? demanda Joe.

— Allez, c'est bon, répondit l'homme en souriant.

À ce moment précis, une horloge sur l'une des tables avoisinantes émit une sonnerie bruyante.

— Regarde l'heure ! s'écria Fluffy. Il est déjà midi. Il ne nous reste que six heures ! On doit y aller, Joe !

CHAPITRE NEUF

— Tu veux venir chez moi pour essayer le détecteur de métal ? demanda Matt dans la voiture alors qu'ils regagnaient la route avec sa maman.

— Non ! s'écria Fluffy qui se trouvait toujours aux pieds de Joe et qui bougeait dans tous les sens, d'un côté de la voiture à l'autre.

— Je ne peux pas, dit Joe avec nervosité. Je suis privé de sortie…

— Pourquoi ? demanda Matt.

Joe prit une grande respiration. Il ne voulait pas dire à Matt qu'il s'était fait prendre à rôder dans le jardin de son voisin en pleine nuit, surtout après toutes les choses bizarres qui s'étaient passées pendant leur numéro de magie.

— J'ai… euh… perdu une balle dans le jardin du voisin et je suis allé la chercher sans demander la permission.

— Dis-lui de conduire plus vite ! couina Fluffy.

Un petit nuage de fourrure de lapine zombie se mit à flotter et chatouilla le nez de Joe. Il renifla et tenta de ne pas éternuer.

— Veux-tu venir chez moi demain, à la place ? demanda Joe. Comme ça, on pourra essayer le détecteur dans mon jardin !

— Ouais !

— Je pourrais prendre le détecteur maintenant et m'assurer que les piles sont chargées, dit Joe. Serais-tu d'accord ?

Matt haussa les épaules.

— Bien sûr.

La maman de Matt alluma la radio. C'était l'heure des nouvelles…

Fluffy sauta sur les genoux de Joe.

— Allez, Joe ! Il ne reste que cinq heures ! C'est une urgence !

Joe sentit quelque chose de mouillé et de froid couler le long de ses jambes. Il grimaça. Fluffy venait de faire pipi sur lui !

Dès que Joe eut ouvert la porte, Fluffy se précipita hors de la voiture et monta dans l'entrée des Steel.

Joe saisit le détecteur de métal et s'en alla dans le jardin. Il aperçut son père en train d'arracher des mauvaises herbes dans les plates-bandes. Sarah y était aussi. Elle se prélassait sur le gazon et lisait une revue.

— Eh bien, on dirait notre voleur national !

— Fais de l'air, Sarah !

Joe la fusilla du regard.

— Ça suffit, vous deux ! dit Papa. Es-tu venu pour m'aider, Joe ?

— Ouais, marmonna-t-il en lançant un regard rapide par-dessus la clôture des Steel pour voir

s'il se passait quelque chose de l'autre côté. Si personne n'était dans les parages, il allait peut-être pouvoir s'y faufiler et essayer le détecteur de métal.

— Qu'est-ce que tu as là ? demanda Papa en se redressant.

— C'est un détecteur de métal. Matt et moi l'avons acheté à la vente-débarras communautaire.

— J'en ai déjà eu un, moi aussi. Fais-moi voir.

Joe le lui donna et lança un autre coup d'œil par-dessus la clôture. Il vit monsieur Steel à l'autre bout du jardin.

— J'ai dit à monsieur Steel que tu irais t'excuser comme il faut lorsque tu reviendrais, dit Papa. Tu pourras y aller lorsqu'il aura fini de tondre son gazon.

— Quoi ?

Joe eut le souffle coupé. Le gazon ! Si monsieur Steel tondait la pelouse, il ne faisait aucun doute qu'il massacrerait le collier !

— Et tu pourrais offrir de faire des travaux pour lui, dit Papa. Quelques heures à arracher les mauvaises herbes ou à bêcher le jardin devraient arriver à compenser tes bêtises d'hier soir !

Joe n'avait rien contre l'idée d'offrir son aide. Il avait des problèmes plus importants. Comment allait-il empêcher monsieur Steel de tondre son gazon ? Il jeta encore un coup d'œil par-dessus la clôture…

— Je pourrais peut-être tondre le gazon pour lui ? suggéra-t-il.

Papa secoua la tête.

— Tu n'es pas assez grand pour utiliser la tondeuse, Joe.

— Ouais, tu te couperais probablement les deux pieds, ricana Sarah.

— La ferme! grogna Joe.

— Arrêtez, vous deux! dit Papa. Il y a sûrement plein d'autres choses que tu pourras faire. Ne t'en fais pas!

À ce moment, monsieur Steel apparut à la clôture.

— Salut! lança-t-il. Est-ce que je pourrais emprunter votre tondeuse? La mienne semble avoir été attaquée par des souris!

Il montra un cordon tout mâchouillé et fit un grand sourire.

Joe essaya de s'empêcher de rire. C'était sûrement l'œuvre de Fluffy!

— Désolé, dit le papa de Joe. Mon beau-père a emprunté la mienne. Je vais la récupérer la semaine prochaine.

— C'est dommage, dit monsieur Steel. J'avais promis à Kate de reprendre le dessus sur le jardin aujourd'hui!

— On peut toujours essayer de remplacer le cordon, dit Papa. J'ai déjà eu à remplacer le nôtre. Je crois que j'ai encore un cordon de rechange dans le garage. Vous voulez y jeter un coup d'œil?

— Ça serait gentil, merci. Je pense bien que je n'aurai pas le temps d'arracher les mauvaises herbes non plus, à ce rythme.

— Je pourrais le faire! dit Joe.

Son papa eut une expression de surprise.

— Je veux dire, pendant que vous et mon papa réparez la tondeuse, balbutia Joe. Je pourrais arracher des mauvaises herbes pour vous…

— Vraiment?

Monsieur Steel semblait un peu suspicieux.

— Ça serait vraiment… du bon voisinage de ta part, Joe.

— Pour me faire pardonner pour hier soir, dit Joe.

Son visage était maintenant écarlate.

CHAPITRE DIX

— Dis-moi encore où elle l'a perdu, dit Joe.

Le gazon long lui arrivait aux chevilles et il se disait qu'il avait environ 10 minutes pour trouver le collier avant que monsieur Steel revienne du garage de son papa. Le père de Joe était bon pour réparer les choses. Il était technicien en systèmes de chauffage central. Il passait ses journées à réparer des chauffe-eau et il pouvait réparer la plupart des choses.

— Je crois que c'était ici, dit Fluffy en enfonçant son nez dans une touffe de gazon. Mais c'était peut-être là… Le gazon se ressemble partout.

Elle soupira de frustration.

Joe saisit le détecteur de métal et le mit en marche.

— Je vais utiliser les écouteurs, comme ça, personne n'entendra.

Il lança un regard vers la maison des Steel.

— Surveille comme il faut et dis-moi si quelqu'un approche.

Joe se mit au travail. Le détecteur de métal était très lourd. Il émit un faible bourdonnement lorsqu'il le passa au-dessus d'une touffe de gazon…

Rien.

Il se déplaça un peu et essaya ailleurs…

Toujours rien.

— Dépêche-toi, Joe! dit Fluffy en regardant la montre de Joe. Regarde l'heure! Il est déjà presque 14 h… Il ne nous reste que quatre heures!

Non seulement ils allaient manquer de temps pour trouver le collier, mais monsieur Steel serait de retour d'une minute à l'autre, et là, la chasse serait définitivement terminée. Il serait pris avec Fluffy pour toujours! Il grimaça.

— Continue à regarder! couina Fluffy.

— C'est ce que je fais!

Il se déplaça vers une autre touffe de gazon. Rien…

— Cette chose ne fonctionne peut-être pas! dit Fluffy d'un ton irrité.

Joe essayait de l'ignorer. Il passa le détecteur sur une zone plus large, en passant de gauche à droite tout en espérant entendre le son aigu.

— Le gazon est trop long! grommela-t-il.

— J'entends la voix de ton père, dit Fluffy. Ils reviennent…

Elle disparut à travers la clôture tandis que Joe se déplaçait vers une autre touffe de gazon.

— Toujours rien! gémit-il.

Il s'en alla vers une autre section.

— Vite, Joe! Ils arrivent! appela Fluffy en repassant à travers la clôture.

— Encore quelques minutes…

Joe passa le détecteur sur une zone encore plus large.

Tout à coup, il sentit une main sur son dos!

Il sursauta.

— Aaah !

— Qu'est-ce que tu fais ?

Une petite fille aux cheveux bruns et courts le regardait.

— Est-ce que c'est toi, Joe ? demanda-t-elle en souriant. Je t'ai vu par la fenêtre.

— Ouais…

— Papa m'a parlé de toi, dit-elle en riant. Qu'est-ce que tu fais ?

— Euh… je cherche un trésor ? dit Joe d'un ton nerveux.

— Moi aussi, dit la fillette en fronçant les sourcils. Je cherche un collier. Je l'ai perdu. Je pensais qu'il était dans la maison, mais je ne l'ai pas trouvé.

Sa lèvre commença à trembloter et pendant un instant horrible, Joe crut qu'elle allait se mettre à pleurer.

— Eh bien, je pourrais t'aider à le chercher, dit Joe. Il est peut-être ici…

— Qu'est-ce que c'est ?

Elle désigna le détecteur de métal.

— C'est pour trouver des choses, dit Joe.

— Est-ce que je peux essayer ?

— Ils arrivent, Joe ! Fais vite ! s'écria Fluffy.

Joe passa le détecteur sur une autre touffe de gazon. Si seulement cette chose fonctionnait !

— Laisse-moi faire, dit Olivia en tendant le bras pour saisir le manche.

Mais à ce moment précis, le détecteur émit une plainte aiguë…

Joe eut un sursaut d'espoir.

Fluffy émit un cri perçant.

Les yeux d'Olivia s'écarquillèrent.

— Qu'est-ce que c'est ? demanda-t-elle.

Joe s'accroupit et passa sa main dans le gazon. Où était-ce ? Puis, il vit une chose briller. Il s'avança et la saisit.

— C'est juste un bouchon en métal, dit Olivia.

Joe prit le bouchon dans sa main. Il s'agenouilla sur l'herbe et soupira. Il ne le trouverait jamais ! Il était sur le point de se relever lorsqu'il sentit une chose dure sous son genou gauche. Il se rassit sur ses talons et fouilla dans le gazon…

— Le collier ! s'exclama Olivia.

Il était là. Une mince chaîne et un médaillon en or, bien enfoncés dans la boue. Joe le déterra avec ses ongles et le remit à Olivia. Elle le serra contre sa poitrine et lui sourit avec admiration.

— Qu'est-ce que tu fais, Joe ?

Il se retourna brusquement et vit que monsieur Steel et son papa étaient là.

— Joe cherche un trésor ! dit Olivia en souriant largement.

Joe remarqua qu'elle avait caché le collier derrière son dos.

— Je montrais mon détecteur de métal à Olivia. Désolé… Je vais aller arracher les mauvaises herbes, maintenant.

Joe s'en alla vers les plates-bandes en traînant son détecteur de métal derrière lui.

Fluffy l'y attendait déjà.

— Tu as réussi, Joe !

Joe lança un regard derrière lui pour s'assurer que personne ne regardait. Olivia avait déjà disparu dans la maison, sans doute pour remettre le collier à sa place. Monsieur Steel et son papa testaient la tondeuse.

— Merci pour tout, Joe. Je peux passer dans l'au-delà avec joie, maintenant. En passant, Olivia est une petite fille très gentille… Je crois que vous deux allez être de bons amis. En fait, ricana Fluffy, j'en suis *certaine*…

— Quoi ? Qu'est-ce que tu veux dire ?

Joe n'aimait pas ses insinuations. Il ne voulait pas être le meilleur ami d'une petite fille de six ans ! Mais Fluffy avait déjà commencé à pâlir.

— Adieu, Joe ! Merci encore !

— Attends ! Qu'est-ce que tu voulais dire au sujet de mon amitié avec Olivia ? lança Joe à la lapine.

Mais Fluffy disparaissait.

Quelques instants plus tard, elle était partie, ne laissant derrière elle que quelques touffes de fourrure qui s'envolèrent avec la brise.

— Joe ?

Joe sursauta. Olivia avait réapparu derrière lui. Il avala avec difficulté. Est-ce qu'elle l'avait entendu parler à Fluffy ?

— Est-ce qu'on pourrait chercher un autre trésor ? demanda-t-elle. Et est-ce qu'on peut aller à l'école ensemble, lundi ? Papa est d'accord.

— Hein ?

Joe leva les yeux et monsieur Steel, à l'autre bout du jardin, lui fit un signe de la main.

Était-ce l'imagination de Joe, ou est-ce que monsieur Steel lui faisait un sourire satisfait ?

— C'est génial d'avoir un ami spécial comme voisin ! dit joyeusement Olivia.

Pendant un moment horrible, Joe pensa qu'elle allait l'embrasser. Il recula et trébucha sur le détecteur de métal.

— Je pense que je devrais m'en aller, dit-il en ramassant le détecteur de métal pour le tenir devant lui comme une barrière. Maman m'appelle…

— Non, elle n'appelle pas !

La lèvre inférieure d'Olivia commença à trembler.

Joe traversa le jardin à toute allure.

Alors qu'il courait, un oiseau descendit en piqué, manquant sa tête de quelques millimètres. Ça ne ressemblait à aucun oiseau qu'il avait vu dans le jardin auparavant. Il regarda tout autour, mais l'oiseau avait disparu. Il y avait une plume sur le chemin devant lui… une plume vert vif !

Ne manquez pas la suite
de la série

LE VOL DE LA PERRUCHE
AMOCHÉE

www.ada-inc.com
info@ada-inc.com

www.facebook.com/EditionsAdA

www.twitter.com/EditionsAdA